PE[illegible]L CU POVEȘTI

O carte ilustrată pentru copii de Cătălina Ilie Popescu

CĂTĂLINA ILIE POPESCU

PERVAZUL CU POVEȘTI

Carte ilustrată pentru copii

ePublishers

Prezenta lucrare se publică în format electronic şi tipărit.

Ilustraţiile și coperta: Alina Ardeleanu

ISBN-13: 978-1718887947 (CreateSpace)
ISBN-10: 1718887949

Ediţia digitală a prezentei cărţi se poate accesa la:
http://ibooksquare.ro/Books/ISBN?p=978-606-716-692-7

Pentru mai multe informaţii privind această carte, scrieţi la info@ePublishers.info.

www.ePublishers.ro
www.ePublishers.us

Dragul meu cititor, suie-te pe pervazul cu povești și pătrunde în cea mai frumoasă lume. Aici vei învăța ce înseamnă curajul, bunătatea și dragostea.

Stelele te vor veghea
Iar eu, îți voi povesti așa:

MOZART. PRIMA BUFNIȚĂ ASTRONOM

E seară. Cerul și-a schimbat hainele aurii de zi cu pijamalele sale preferate: albastru marin, presărat cu steluțe argintii, iar în piept și-a prins o broșă rotundă și galbenă ca lămâia. Pe la ferestre se aprind, rând pe rând, lumini zglobii care te îmbie la visare. Peste întregul oraș se așterne o liniște caldă pe care nimeni nu pare să o strice... sau aproape nimeni. Când totul pare amorțit de somn, de undeva din iarba deasă a parcului, începe simfonia. Prim-soliști, 3 greieri talentați dau tonul concertului. În rândul doi, niște țânțari cu aripi ca de fluture, țin ritmul cu greierii, ce-i drept, pe un ton mai ascuțit. Marea simfonie este presărată, din când în când, conform partiturii, cu vocea caldă a vântului care face tumbe printre copaci. Spectacolul, așa cum a cerut regizorul, o lăcustă somnambulă, pasionată de muzica simfonică, este completat de mii de steluțe care apar și dispar, la comanda dirijorului. Și pentru că un așa spectacol grandios nu se poate încheia altfel, la sfârșit, un grup de bufnițe aplaudă frenetic artiștii din iarba parfumată.

– Buu, buu, buun spectacolul din seara asta, dă tonul o bufniță cu vârstă venerabilă. Parcă s-au pregătit mai bine.

– Bunicule, aseară ai zis la fel. Eu nu mai înțeleg.

– Păi asta înseamnă, copii, să exersezi. Doar știți că peste câteva săptămâni este Sărbătoarea Verii și concertul trebuie să fie foarte bine pregătit.

– Bunicule, bunicule, noi nu exer... exer... exersăm? Când cântăm și noi? se auzi vocea rârâită și aproape adormită a unui pui de bufniță cuibărit în penele calde ale bătrânului.

– Ba da, ba da, dar mâine seară. Acum văd că aproape ai adormit... și nu termină bine de spus, că puiuțul își și băgă ciocul în penele moi și adormi.

În urmă lor, doar greierii mai rămân în iarbă să exerseze până în zori.

Toate vietățile din parc dorm. Doar pe o creangă de stejar nu-și găsește somnul Mozart, un pui de bufniță moțat. Se plimbă când la deal și când la vale, dă ușor din aripi și parcă șușotește ceva.

– Dacă i-aș spune mamei, poate ar fi de acord. Și dacă nu va fi? Dar dacă i-aş spune tatii? Ohh nu, s-ar supăra. Dar bunicul? Nu, l-aș mâhni și mai tare.

Și se frământă așa de zeci de minute. Când, deodată, i se alătură pe creangă un liliac, fără somn și el.

– Ce te supărară, prietene? De o oră te tot plimbi pe creanga asta. Nu ai somn?

– Of, nu prea.

– Cum așa?

– Uite, eu am o mare problemă. Toți cei din familie mea sunt cântăreți în corul din marele parc.

– Păi cum să nu-i știu? Sunt o tradiție pentru parc.

– Exact. O tradiție. Doar că eu îmi doresc să fac altceva. Și... și nu știu cum să le spun. Se vor supăra. Până și numele mi l-au ales pentru a fi un cântăreț de seamă.

– Dar ce îți dorești tu, micuțule, să faci?

– E... eu mi-aș dori să studiez stelele, universul, planetele...

– Hai că mă faci să râd, prietene înaripat! Și cum o să faci tu asta?

– Păi am un telescop, un teanc de cărți despre lună și stele și ...mai am un secret. În fiecare sâmbătă seară, pe banca aia mare din parc, o știi? La fântână... se întâlnesc niște oameni de știință care vorbesc numai despre stele.

– Ha! Ha! Ha! Bufnița astronom!

– Dacă nu ai fi atât de rău, ți-aș povești mai multe... strigă, suspinând, Mozart.

– Hai, hai, povestește că te ascult.

– Vezi luminița aceea care strălucește atât de puternic? Este Steaua Polară. Dacă te vei pierde vreodată, să te uiți după ea, te va ghida spre casă. Este steaua care nu apune niciodată.

– Adică?

– Adică nu coboară niciodată sub orizont. Stă mereu agățată pe cer.

– Dar văd că ești tare bine pregătit.

– În fiecare seară, după ce se culcă toată lumea, eu ies aici, pe creangă și admir cerul. Doar norii ăștia jucăuși îmi mai strică spectacolul. Uite, uite, vezi acele steluțe care cad?

– Da, mi-a zis o cioară mai bătrână că sunt pui de stele care merg mai devreme la culcare, într-o căsuță din spatele parcului.

– Ha! Ha! Ha! se amuză copios puiul de bufniță. Sunt meteoriți, dragul meu, nu sunt steluțe.

– Și dacă îți place atât de mult, de ce nu le spui părinților tăi?

– Pentru că ei își doresc să fiu acolo, în cor, alături de ei.

– Dar poate nu știu cât de mult îți dorești tu să fii astronom.

Și cum stăteau cei doi și tot sporovăiau despre stele și planete, se crăpă de ziua. Liliacul fugi în culcușul său, iar Mozart adormi gândind la visul său, hotărât să le spună părinților.

– Trezirea, pui mic. Dacă mai dormi puțin faci și amiaza. La masă și apoi la repetiții. Festivalul este atât de aproape.

Mozart mâncă liniștit, merse la repetiții cu întreagă familie și așteptă să vină seară să le spună alor săi care îi este visul măreț.

Când mirosul de „regina nopții" învăluia întregul parc, puiul de bufniță se cuibări în brațele mamei. Văzându-l trist, aceastǎ îl mângâie cu aripa sa și îl întrebă:

– Dragul meu, ce te frământă?

– Mami, uită-te în sus. Spune-mi ce vezi?

– Cerul și stelele... și un colț de lună, agățat în bradul din centrul parcului. Cred că cineva a pus-o acolo.

– Nu-i așa că e minunată?

– Minunată va fi la concert. Ne va lumina întreaga scenă. Și vom avea, ca și anul trecut, spectatori de toate vârstele. De la gâzele cu aripi subțiri, până la uliul bătrân care nu uită niciodată să vină.

– Mami, eu nu cred că va fi așa. Cerul îmi spune că luna, de frig și ploaie, se va îmbrăca iar în pijamalele ei cu nori pufoși. Iar spectatori nu vom avea deloc.

– Dar de unde știi tu toate astea, dragul meu? Vrei să spui că nu vom mai avea concert?

– Dacă am cânta cu o seară după dată aleasă de bunicul, ar fi minunat!

Zâmbind mirată, mama bufniță își mângâie băiatul și îl lasă să adoarmă. După ce le povesti adulților din familie și se amuzară de spusele puiului lor, care era prea mic să știe atât de multe lucruri despre cer și stele, hotărâră cu toții că e bine, totuși, să amâne cu o zi data concertului. Mozart însă, tot nu avea curaj să le spună că el își dorește să studieze planetele.

Când data aleasă inițial veni, întregul parc fu cuprins de o pală de vânt aprig și spălat de o ploaie răcoritoare de vară.

– Dragul meu, se pare că Mozart a avut dreptate. Iată, dacă ar fi fost astăzi concertul, ne-ar fi plouat strașnic, discutau părinții puiului, adăpostiți pe cea mai înfrunzită creangă de stejar. De unde o fi știut el?

– De pe cer, se auzi vocea lui Mozart.

– Cum de pe cer?

– Mami, tati, eu știu multe despre cer, lună sau stele. În fiecare seară îmi place să le urmăresc, să citesc despre ele și sâmbăta să îi ascult pe cei doi bătrâni cum povestesc despre ele. Știi mami? Eu... eu îmi doresc să mă fac astronom.

– Astro?... și cei doi părinți se uitară mirați unul la celălalt.

– Da. Adică să studiez astrele. Și uite... să vă spun vouă când e bine și când nu, să organizați concerte. Să nu vă supărați, dar mie nu-mi place să cânt. De mult am vrut să vă spun.

– Dragul nostru, cum să ne supărăm? Dacă asta îți dorești tu să faci, noi suntem fericiți. Niciodată să nu ascunzi ceea ce gândești. Să

vorbești mereu cu părinții tăi, orice necaz sau supărare ai avea. Noi suntem lângă tine să te încurajăm, să te sfătuim și să te iubim. Și apoi, orchestra e mare, are cine cânta.

– Da, dar până și numele meu este de mare muzician.

– Puiule... studiază, cunoaște, citește, învață. Este minunat să faci ceea ce îți place. Cerul este al tău. Descoperă-l și cucerește-l.

Și Mozart le sări în brațe părinților, bucurându-se că va deveni prima bufniță astronom.

A doua zi, seara, pe când luna își descoperea fața spre parcul înverzit, din iarbă și din copaci, începu Festivalul Verii. Toate viețuitoarele se întreceau în cântece, iar licuricii le luminau partiturile pregătite pe îndelete. De sus, din stejarul umbros, Mozart privea prin telescopul sau către bolta plină de stele. Parcă și ele dansau pe ritmul concertului din iarbă, iar luna îi făcea cu ochiul de fiecare dată când un nor răzleț trecea prin fața ei.

Sfârșit

CATINCA, FETIȚA CARE A SALVAT CRĂCIUNUL

Peste natura parcă amorțită de frig, Zâna Zăpezilor a așternut o mantie pufoasă de omăt, iar la geamuri a pictat flori de gheață. În case era cald și mirosea a cozonaci și scorțișoară.

Cuibărită în brațele mamei sale, Catinca asculta povești cu eroi fermecați, prinți și prințese, castele de cleștar întinse peste tărâmuri cu râuri cristaline. Zeul Somnului îi picura pe gene licoare fermecată, iar fetița, pornea pe aripi de vis spre meleaguri de poveste...

Era o seară frumoasă de decembrie, când totul era îmbrăcat a sărbătoare: pe la uși și fereste stăteau de strajă ghirlande colorate, iar din case răsunau colinde vesele și clinchete de zurgălăi.

Undeva departe, în Împărăția Zăpezilor, Moș Crăciun, ajutat de spiridușii săi, se pregătea de Seara cea Sfântă de Crăciun. În căsuța din lemn de brad, de la poalele munților, totul era învăluit în miros de turtă dulce. Moșul bun cu barba caier, cu plete ca o vată de zahăr și cu sufletul pur ca zăpada ce acoperă pământul, stătea în cea mai frumoasă căsuță de pe meleagurile acelea. Mereu plină de veselie si de culoare.

Cea mai de preț comoară a căsuței și a celor care trăiau în ea, era o carte mare, în coperți de aur care păstra în paginile sale, cu litere de-o șchioapă, numele tuturor copiilor lumii. Numele lor erau cheia de la camera cadourilor. Comoara era păzită cu strășnicie de un prichindel mic la stat, dar fâșneț și isteț cum nu mai găseai altul în lumea toată. Și pentru că slăbiciunea lui cea mare erau prăjiturelele cu ciocolată, îl numiră „Cuchi".

În seara de Ajun, când toată casa forfotea de spiriduși harnici, în poarta căsuței poposi un biet drumeț care, cu vocea tremurândă, ceru să-și încălzească mâinile înghețate. Bun și curat la suflet cum era, Moșul îl pofti în casă, lângă foc, să se încălzească. Nu stătură mult de vorbă pentru că atunci când cerul își îmbrăca pija-

maua preferată, albastru cu steluțe argintii și o căciulă mare galbenă, Moș Crăciun își lăsă oaspetele și merse liniștit la culcare. În urma sa, „drumețul" cel înfrigurat își descoperi fața ascunsă sub broboadele groase și cu un zâmbet șiret se apropie de cutia în care era păstrată, cu sfințenie, cartea fermecată.

Cu desaga plină cu prăjiturele de ciocolată, pregătite special pentru a-l ademeni pe Cuchi, necunoscutul se furișă și cu mare ușurință fură cartea si cadourile pentru copii. Drumețul, Ronți, un spiriduș supărat că Moșul nu l-a desemnat pe el Mare Paznic al Cărții Fermecate, vru să-i pedepsească pe toți copiii, furându-le bucuria cadourilor de Crăciun.

Dimineață, când soarele începu să alinte obrajii rumeni ai Moșului, liniștea căsuței se tulbură dintr-odată.

– Off, mare nenorocire se abătu peste noi! Cartea și cadourile au dispărut! Ce ne facem? strigă Cuchi...

Moșul simți cum sufletul îi îngheață de tristețe și-i păru că lumea toată își pierde strălucirea de sărbătoare.

Uitându-se cu mâhnire peste meleagurile de poveste, Moșul bun strigă parcă să se audă în toate cele patru zări:

– Acum, doar o minune va mai putea salva Crăciunul!!!

Strigătul Moșului zbură peste mări și țări, călători peste meleaguri îndepărtate, până ce obosit, poposi la geamul Catincăi. Când auzi supărarea Moșului și tristețea ce se abătu peste întreaga lume, Catinca se hotărî să îl ajute pe Moș să salveze Crăciunul.

Așezată la măsuța ei, Catinca începu să scrie un mesaj către toți copiii, spunându-le că în acest an, Crăciunul va fi și mai frumos, dăruind.

Stăm cuminți pe la fereastră,
Și privim după perdea
Pentru că în noaptea asta
Prin noianul greu de nea,

Trebuie s-ajungă-n grabă
Moșul Bun cu daruri multe,
Îmbrăcat-ntr-o desagă
Mare, mare cât un munte!

Dar desaga nu i-i plină
De păpuși sau jucării
Căci în seara asta Sfânta
Eu vă voi aduce bucurii.

Cu sufletul curat și zâmbet în priviri, Catinca începu să strângă toate jucăriile pe care le primise de la părinți și de la bunici.

– În noaptea asta fiecare copil merită o mică bucurie, și eu, îl voi ajuta pe Moșul, dăruind celorlalți copii din jucăriile mele. Oricum mi-e casa plină de ele și nu voi putea nicicând să mă joc singură cu toate.

Zis și făcut. Fetița, așază cu drag într-o cutie mare și frumoasă, legată cu o fundă roșie ca obrajii Moșului, o mulțime de păpuși și jucării și o lăsă sub bradul de pe strada sa.

Fapta Catincăi zbură pe caii sălbatici ai vântului, departe, departe până în cele mai îndepărtate meleaguri. Toți copiii aflară vestea cea tristă că Moșul nu va mai colinda pe la casele lor, și încurajați de fapta fetiței, se grăbiră să adune în cutii și cutiuțe, jucării, cărți sau plăcinte calde și cozonac pufos. Cu brațele pline de cadouri, copiii reaprind, astfel, cea mai frumoasă stea a Crăciunului: BUNĂTATEA!

Privind din înălțimi minunea Catincăi, ochii Moșului cel bun își capătă iar strălucirea de altă dată. Zâmbind stelelor și cântând zărilor, Moșul coboară săniuța-i fermecată, chiar la casa Catincăi, spunându-i cu blândețe:

„Copile bun, purtarea ta-i
o lecție de viață,
Din care toți ar trebui să învățăm
Tu n-ai uitat în gându-ți de niciunul,
Ești fetița care a salvat Crăciunul!

Și după ce o mângâie pe creștet cu bunătate părintească, Moșul se suie în sănuița-i fermecată și învăluit în nori de zăpadă, se pierde în înaltul cerului, către căsuța sa din lemn de brad. Catinca, zâmbindu-i mamei sale, strigă în urma săniuței:

Moș Crăciune, Moș Crăciune
Du-te-n grabă să îi duci,
Lumii numai gânduri bune,
Cozonac, colaci și nuci.

Sfârșit

ZÂNA POVEȘTILOR

Dragii mei, exista peste mări și țări un tărâm al minunățiilor peste care domnește Zâna Poveștilor. Pe aceste meleaguri, soarele zâmbește copiilor cuminți, greierii cântă cu glas fermecat, iar pomii grei de roade își apleacă crengile până la pământ.

În această împărăție, trăiesc zâne fermecate și păsări măiestre, peștișori de aur și viețuitoare care îți vorbesc cu învățătură. În grădinile pline de ciorchini de floare albă, eroi și prințese îți povestesc cu glas duios, ca de bunică, pățaniile lor. Ploaia de miresme care te învăluie, te poartă pe aripi de vis peste munți și văi, peste dealuri și poteci, tocmai către înaltul cerului.

Acest tărâm de basm a fost dăruit de către Marele Creator al poveștilor, la facerea lumii, copiilor cuminți care iubesc poveștile și personajele fermecate ce dau viață lumii de basm.

Astăzi începe primăvară. Este Sărbătoarea Naturii, zi în care Zâna Poveștilor organizează, ca în fiece an, balul Palatului de Cleștar. Și pentru balul de anul acesta, Zâna Poveștilor și-a așternut pe lista de invitați numele copiilor care iubesc poveștile și personajele fermecate ce dau viață imaginației.

Cu mic, cu mare, îmbrăcați în haine de gală, copiii pășesc cu bucurie spre tărâmul minunat al poveștilor, trecând prin tunelul fermecat al cărților.

Dar spre uimirea tuturor invitaților, tărâmul pe care ajung este unul trist, lipsit de farmecul altor vremuri. Totul pare pustiu, nici păsările fermecate nu mai încântă cu trilurile lor pe cei veniți la Sărbătoare, nici soarele nu mai dezmiardă cu razele sale creștetul copiilor și nici din înalturi parcă nu mai plouă cu miros de flori proaspete.

Într-un colț de salon, pe un divan odată îmbrăcat în haine de sărbătoare, copiii o găsesc pe Zâna Poveștilor tristă și cu ochii plini de lacrimi.

– E, dragii mei copilași, tare sunt supărată. Vedeți voi, anul acesta Balul Poveștilor nu va mai umple de veselie curtea palatului.

La auzul acestor vorbe copii se întristară şi ei. Veniseră cu atât de multe speranţe la această mare şi vestită sărbătoare. Zâna Poveştilor dar spune-ne, îndrăzniră copiii să întrebe, de ce e totul pustiu şi de ce Palatul de Cleştar nu mai străluceşte ca altădată?

Dragii mei, în palatul acesta nu bogăţiile pământului străluceau în fiecare ungher: aur, argint, perle şi nestemate, ci o comoară mult mai preţioasă. O comoară pe care o păstrăm cu mare sfinţenie de mii şi mii de ani.

– O comoară? Şoptiră în cor cei mici... o comoară...

Da, cea mai de preţ comoară a acestei lumi. Şi Zâna Poveştilor se aşeză pe o petală de floare şi începu să le spună celor mici povestea comorii de la palat.

A fost odată ca niciodată, în vremuri de demult apuse, o Zână Bună care domnea peste meleagurile toate. Zâna cea Bună avea la palatul său fermecat un alai de prinţi şi prinţese care purtau spre lumea copiilor cele mai alese bogăţii: bunătate, curaj, sârguinţă, gingăşie sau frumuseţe.

Pe tărâmul de poveste totul era minunat! Era împărăția unde puteai zbura peste culmile munților sau te puteai scălda în apele oceanelor. Era „locul” unde lucrurile și animalele îți erau tovarăși de joacă sau prieteni de nădejde.

Într-una din zile, Zâna cea Bună își chemă la palat întregul alai de zâne, prinți și prințese și le zise:

Dragii mei, mergeți în toate cele patru zări și căutați cea mai de preț comoară a lumii. Iar cel ce se va întoarce la palat cu cea mai prețioasă comoară va stăpâni aceste tărâmuri de poveste. Și plecară atunci cei de la palat în fiecare dintre cele patru zări.

Din înaltul cerului Zâna Văzduhurilor adună praf de stele și raze de soare, pe care le strânse într-o cutiuță fermecată și le aduse Zânei Bune.

Din adâncuri, Prințul Pământurilor culese bogății nestemate: aur, argint și cărbuni. Le puse cu mare grijă într-un văl de mătase și veni cu ele în fața Zânei.

Din străfundul mărilor și oceanelor Crăiasa Apelor culese cea mai frumoasă perlă, pe care o așternu cu grijă pe o pernuță de catifea și veni în grabă la Palat.

Întregul alai de prinți și prințese aduse Zânei cele mai frumoase bogății ale lumii. Și totuși palatul nu strălucea de frumusețea despre care le vorbi stăpâna acelor meleaguri.

În tot acest timp, o micuță zână cu aripi de fluture, călătorea în lung și-n lat în căutarea adevăratei comori. În drumul său, micuța văzu un bătrân gârbovit, care ducea în spate un sac mare, pe care cu greu îl putea căra. Zâna îl opri și îl întrebă:

– Știți cumva care este cea mai mare comoară a lumii?

– Copilăria, fetița taichii, copilăria cu gust de mere coapte și adiere de primăvară. Caut-o în cărți, în jocuri, în cântec sau în plăcintele cu mere.

Micuța zână își aminti că în cutia cu amintiri pe care o primise de la mama sa, păstra o carte mare, în care erau scrise, cu litere de-o șchioapă povești cu prinți și prințese, cântece și poezii pentru copii.

Când văzu Zâna cea Bună cartea fermecată i se umplură ochii de scântei de bucurie și parcă întreaga împărăție se lumină pe loc.

– Micuță Zână, comoara ta este cea mai de preț dintre toate.

Copilăria te poartă pe cele mai nebănuite meleaguri. Ea ni se dezvăluie în mii de imagini, fiecare dintre noi devenind prinți sau prințese, exploratori, detectivi, scriitori sau pictori, viteji soldați sau înțelepți cărturari. Tărâmul pe care pășim cu fiecare filă este misterios și captivant. Imaginația este cea care ne poartă pe aripi de vis. Poți să zbori fără să ai aripi, poți atinge norii fără să fii atât de înalt, poți cuprinde în brațe pământul tot.

Și nu termină Zâna cea Bună de rostit cuvintele acestea că dintr-odată întreg palatul de cleștar fu învăluit într-o o aură de lumină și parcă prin minune, fiecare colțișor al meleagului de poveste începu să strălucească de frumusețe.

– Micuța mea, de astăzi tu vei fi Zâna Poveștilor și vei domni peste meleagurile noastre cât va fi lumea aceasta. Un singur lucru însă îți spun, ai grijă de această comoară, păstreaz-o cu sfințenie, căci de-și va închide coperțile, întreaga strălucire a tărâmului va pieri.

Și se adună lumea de pe lume la bogată sărbătoare a Palatului de Cleștar pentru a se înveseli de înțelepciunea Zânei Poveștilor.

Aceasta este dragii mei povestea Palatului de Cleștar și a Zânei de poveste. Iată de ce tristețea-i fără margini. Copiii au închis coperțile cărții fermecate. Acum, ei nu mai trec pragul tărâmului de basm și nu mai călătoresc pe aripi de vis pe aceste pământuri.

Poveștile pier, iar eroii fermecați se sting ușor lăsând în urmă doar personajele negative.

Auzind povestea Zânei, copiii se întristară și pe loc hotărâră să reînvie strălucirea Palatului de Cleștar.

– Zâna Poveștilor, vom redeschide noi cartea fermecată și vom păși în lumea poveștilor pentru a ne bucura cu toții de o lume minunată, o lume a copilăriei, care este mai frumoasă decât oricare alta. Și începură cei mici să spună povești cu eroi, cu prinți și prințese, cu zâne bune și crăiese fermecate.

Fiecare poveste învia parcă din șoaptele copiilor și eroii lor preferați începură să danseze în jurul celor mici un dans al bucuriei. Palatul începu să răsune de veselie și parcă fiecare ungher prindea acum strălucirea de altădată.

Dragii mei, voi ați reușit să reînviați Palatul de Cleștar. Strălucirea lui vine din bucuria voastră, din cântecele vesele pe care le cântați, din

versurile frumoase pe care le învățați și din poveștile fermecate pe care le cunoașteți.

Să știți dragii mei că Lumea Poveștilor este cea mai frumoasă dintre toate și cea mai primitoare. Eroii de poveste se vor prinde mereu în jocul vostru iar porțile tărâmului de basm vi se vor deschide mereu.

Și petrecură copiii cele mai frumoase clipe de poveste, iar pe când luna își culca pletele pe norii pufoși, se întorceau cu toții spre pătuțurile lor, păstrând în suflete frumusețea și bunătatea cu care îi privi Zâna Poveștilor.

CUPRINS

https://amzn.to/2K8XOlY

Printed in Great Britain
by Amazon

64145932R00031